彩虹色的花

[美]麦克·格雷涅茨/著　　彭君/译

二十一世纪出版社集团 21st Century Publishing Group | 奇极熊

“好，今天我一定要把积雪全部融化掉。”太阳升起来，把原野照得亮亮的。他吃了一惊：昨天还是一片积雪的原野上，竟然开着一朵花！

“早安，你是谁？”太阳问。

花儿回答说：“早安，我是彩虹色的花。冬天，我一直待在泥土里，现在终于见到你了，我多高兴呀！真想跟每个人分享我的快乐。”

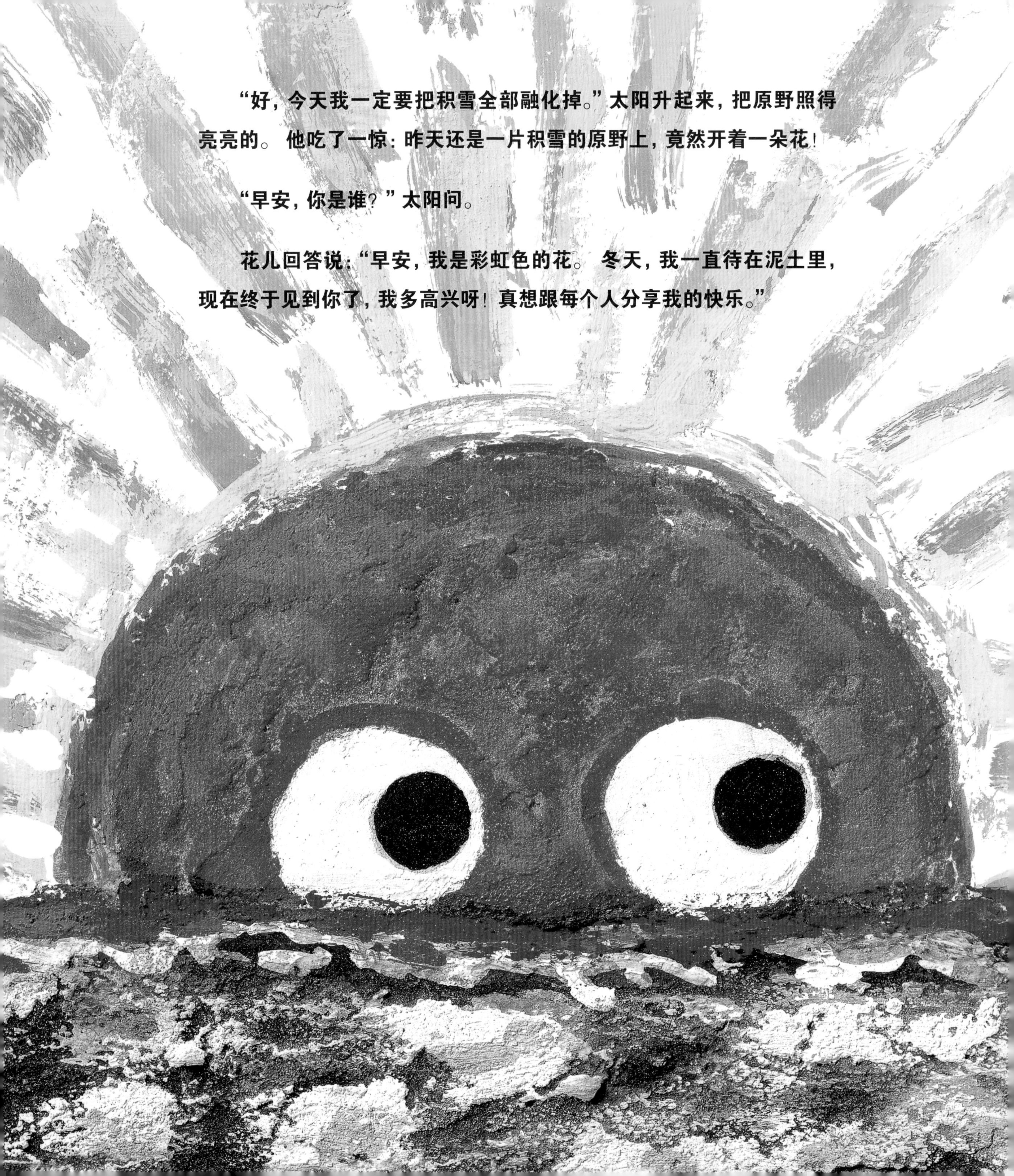

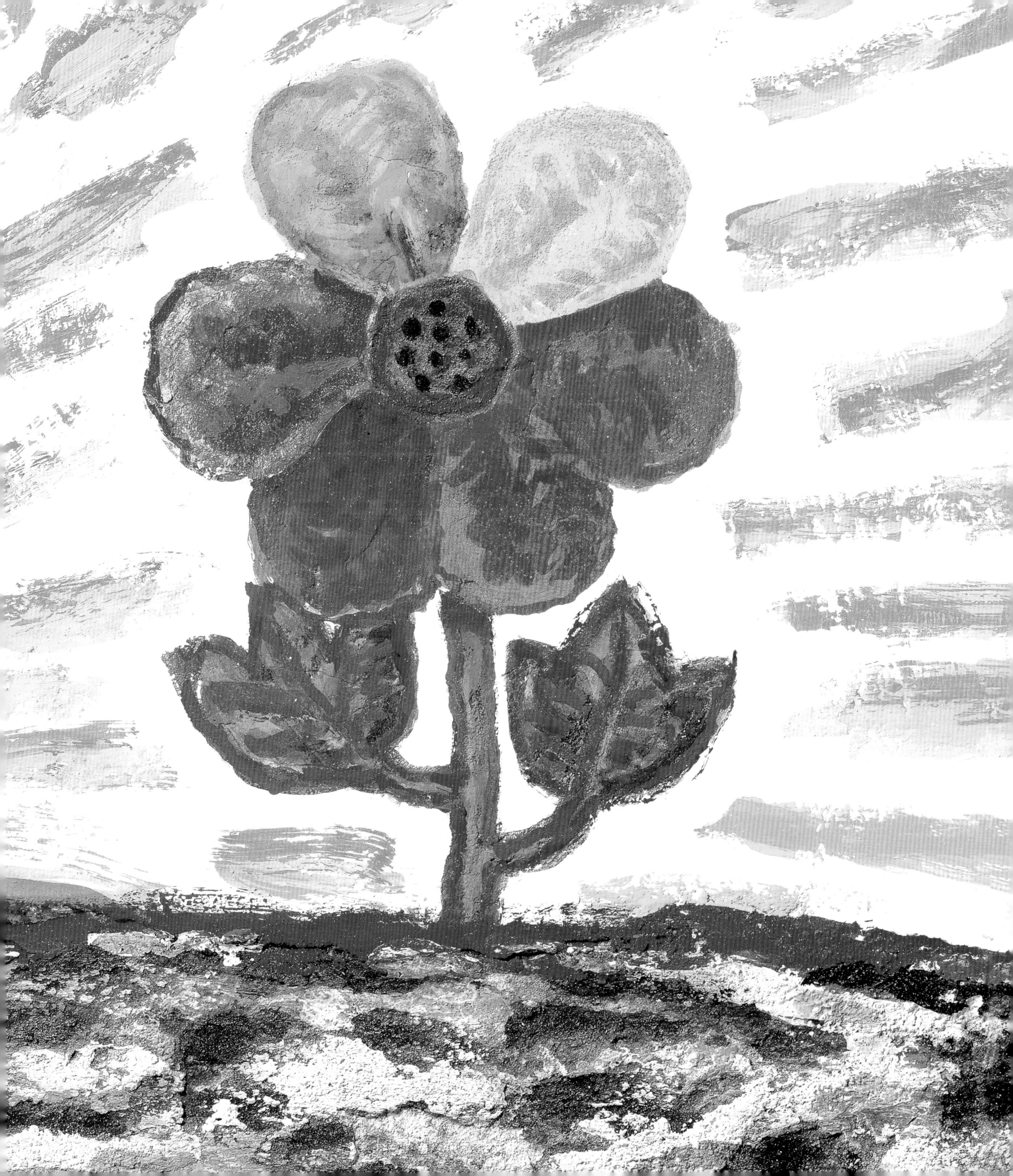

过了几天，好像有谁从花儿的身边走过。

"早安，我是彩虹色的花。你是谁呀？"彩虹色的花问。

"我是蚂蚁。我现在要去奶奶家。可是，这么大的一个水洼，我怎么过去呢？"

"你爬上来，摘一片花瓣试试，说不定能用得上呢。"

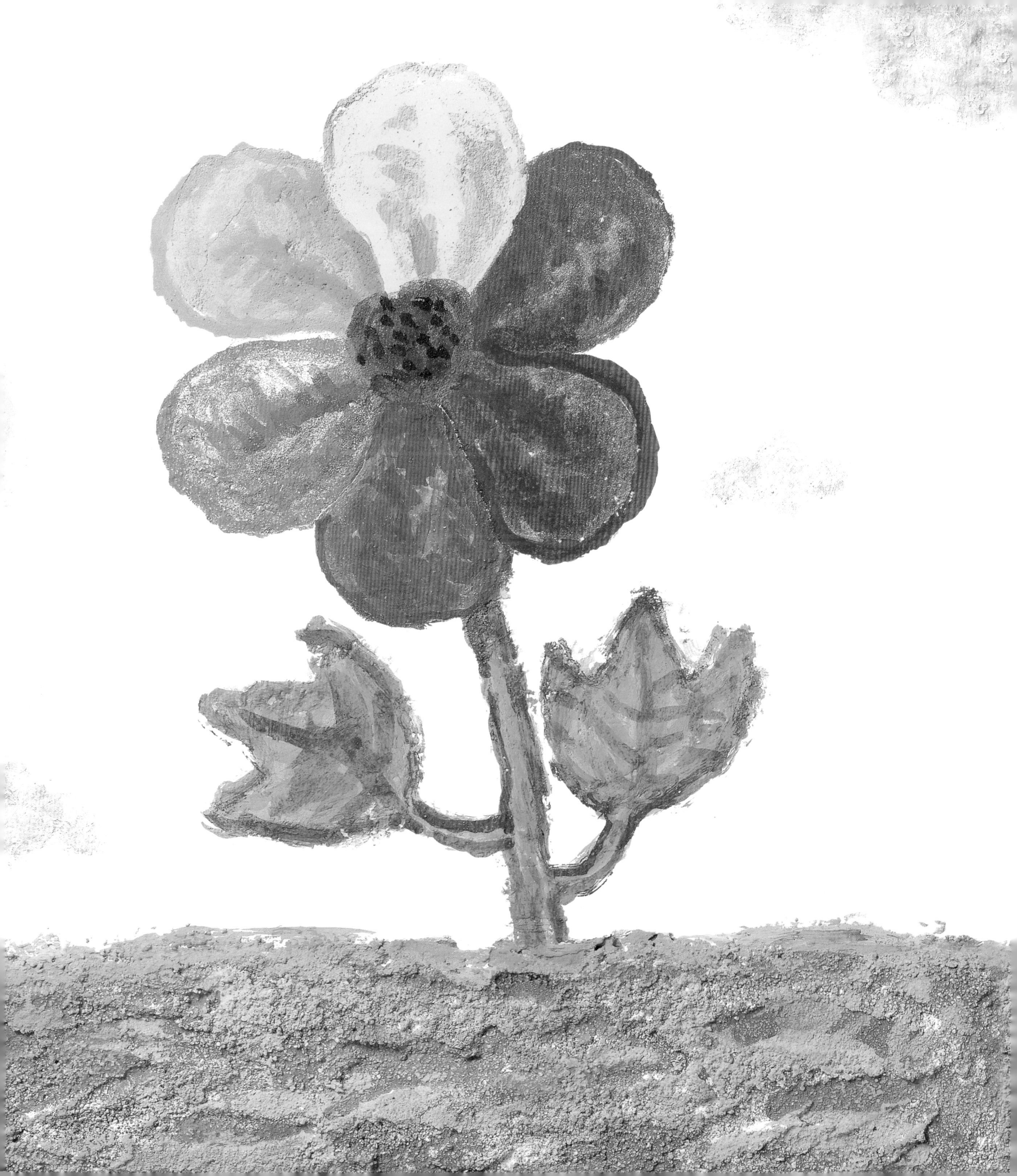

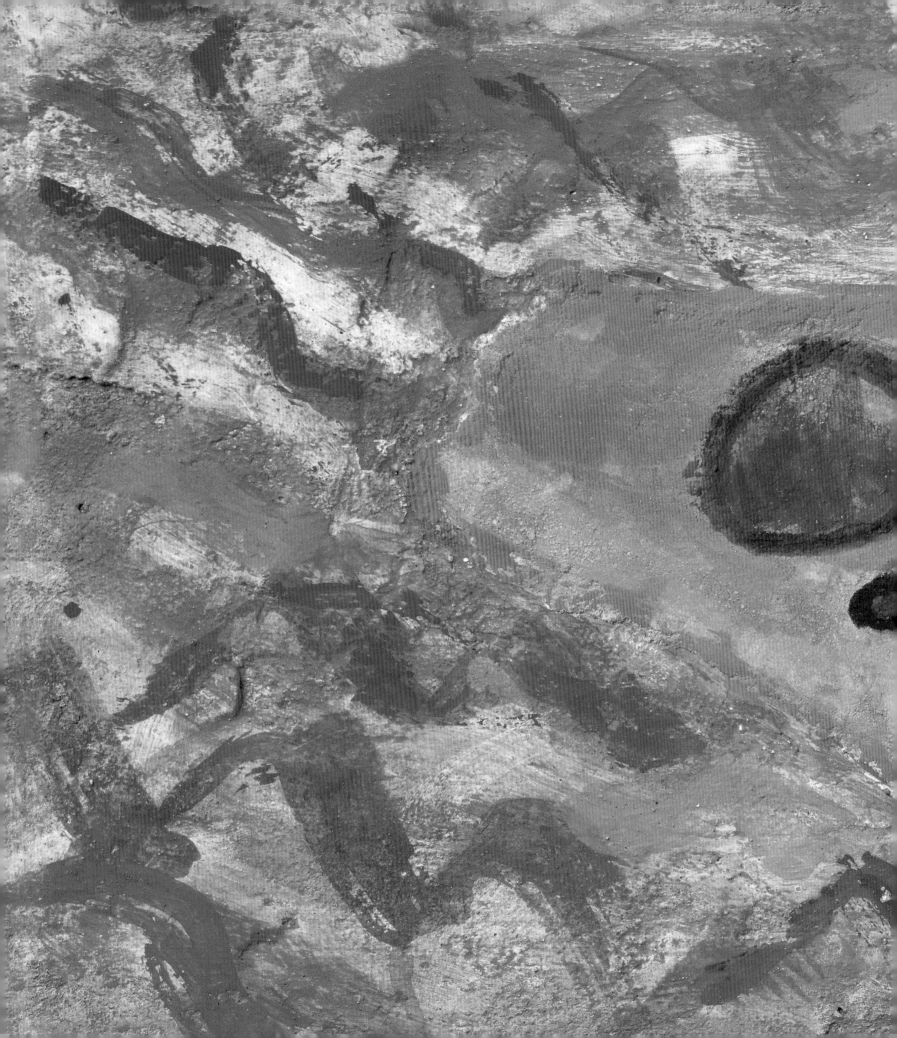

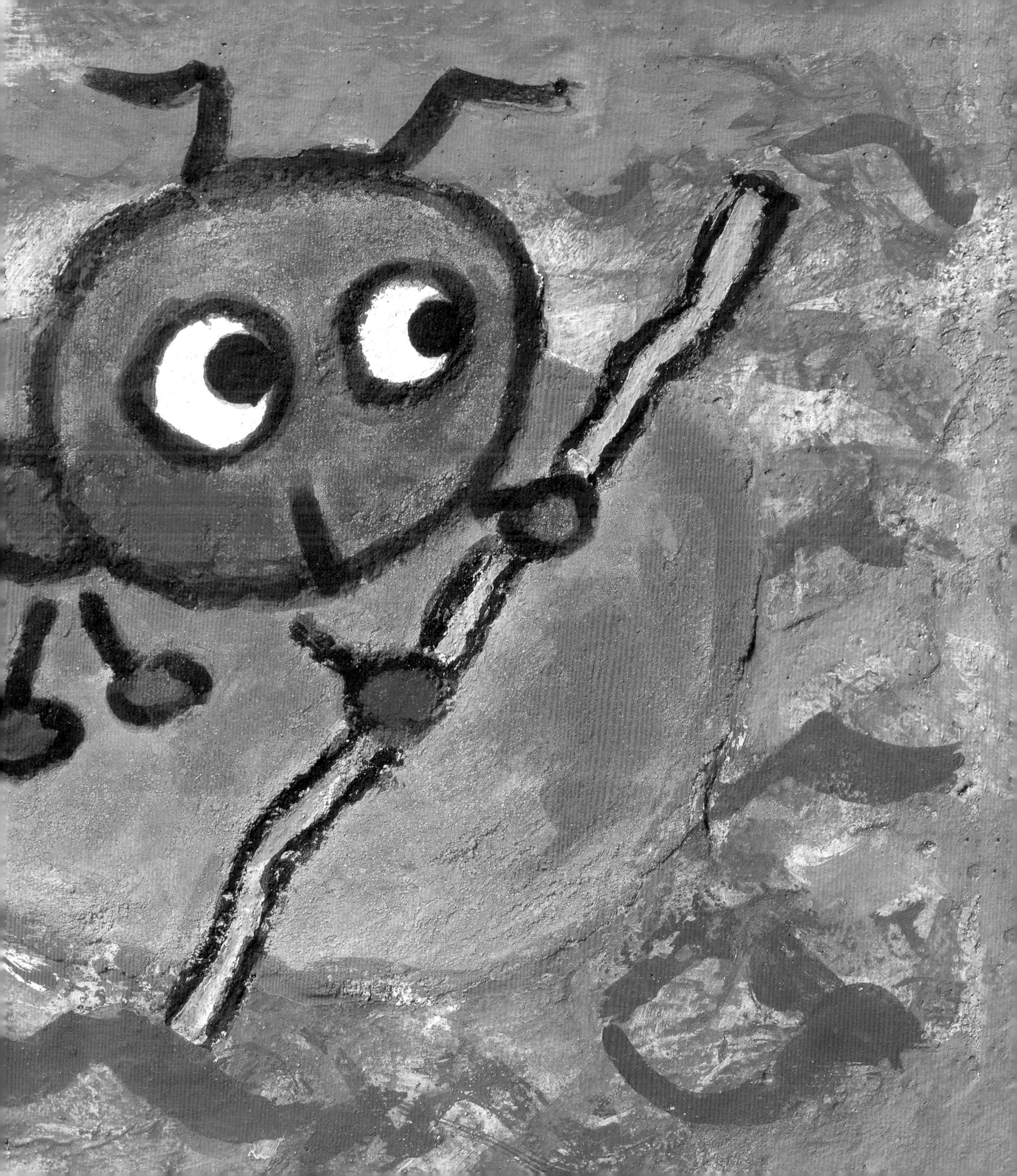

又过了几天，一个温暖的日子，好像又有谁走过。

“你好，我是彩虹色的花。你是谁呀？为什么不开心呢？”彩虹色的花问。

“我是蜥蜴。我正要去参加宴会，可没有合适的衣服，我不知道该怎么办。”

“哦，也许我的哪一片花瓣能与你的绿色相配。你看呢？”

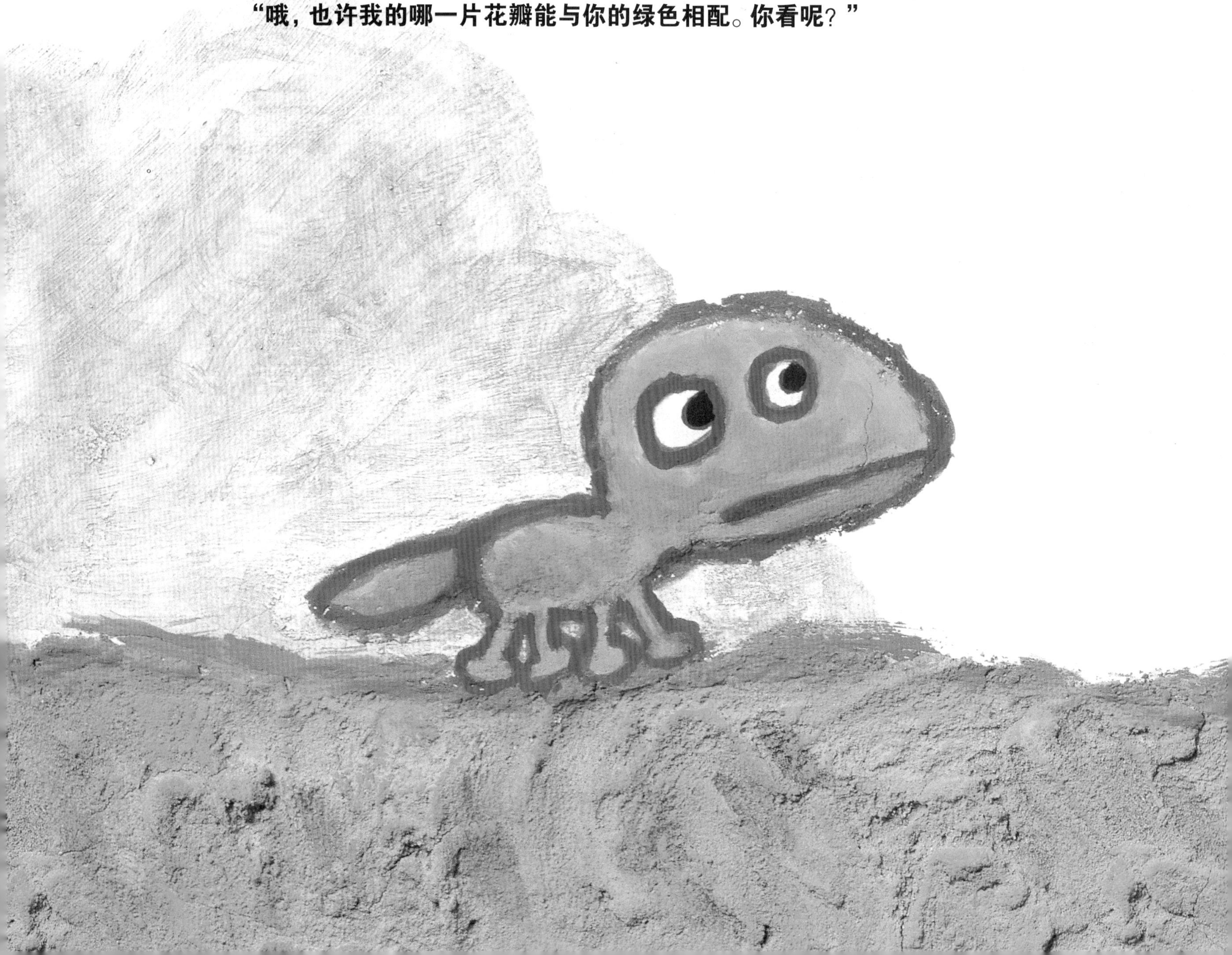

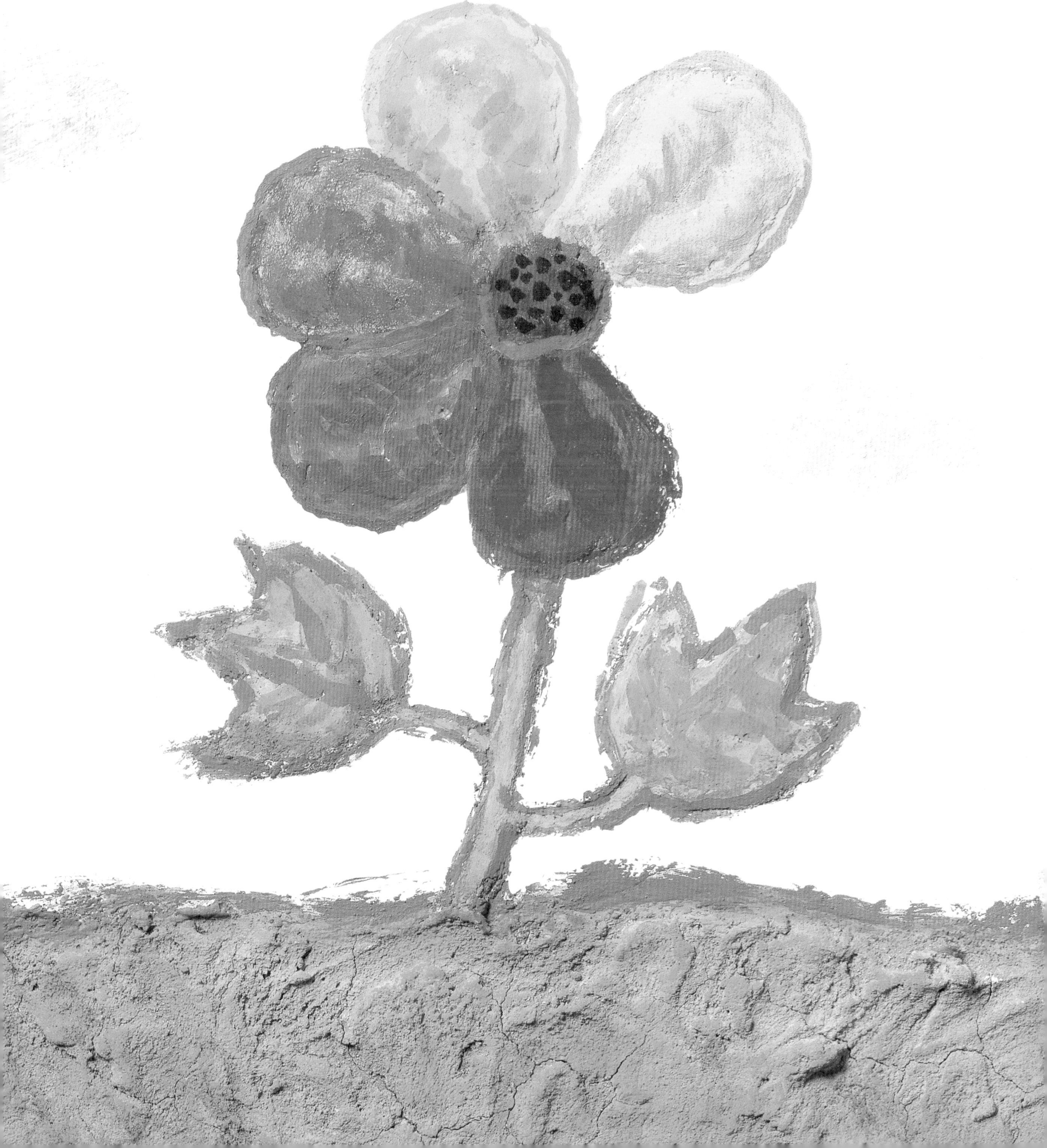

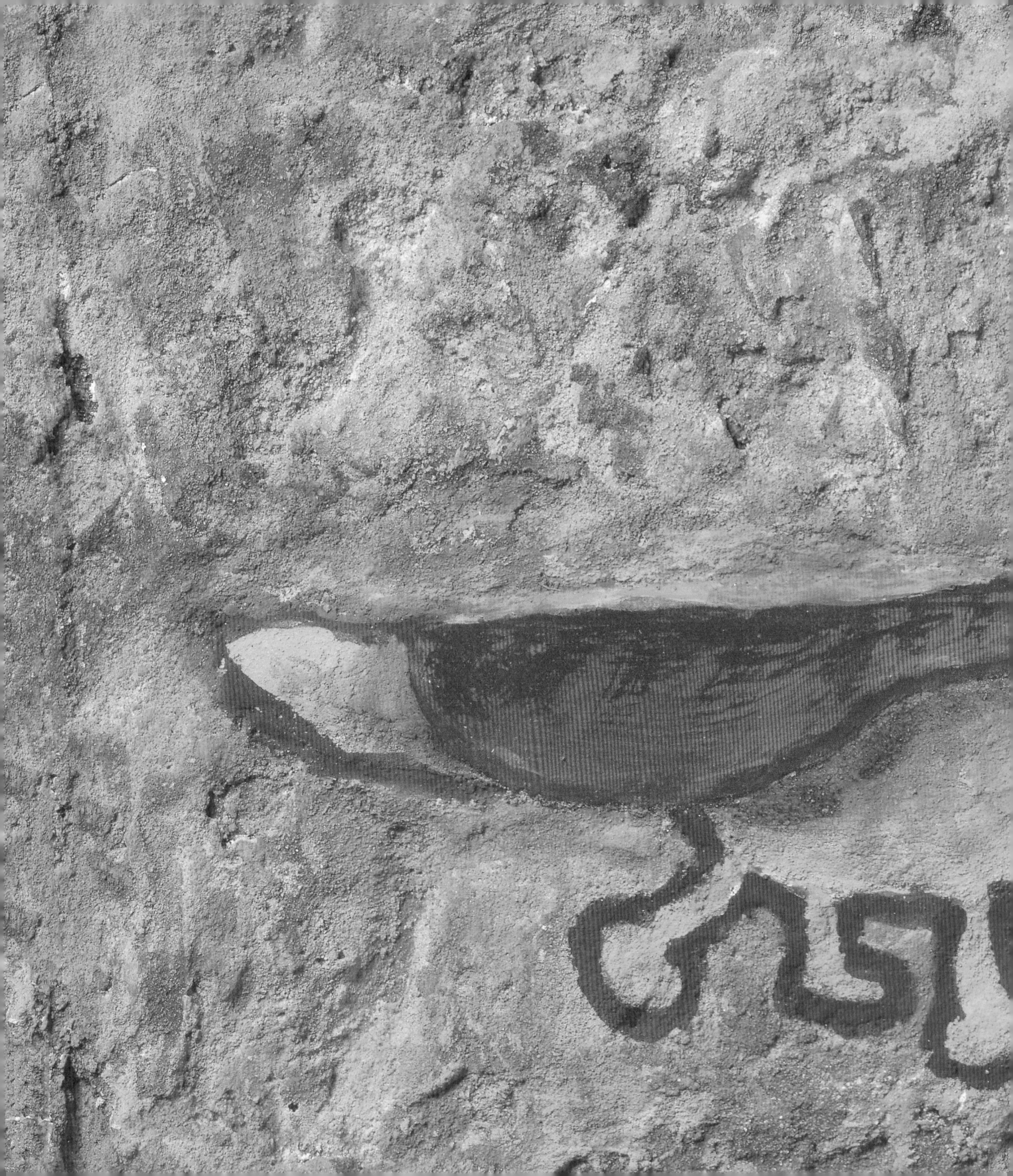

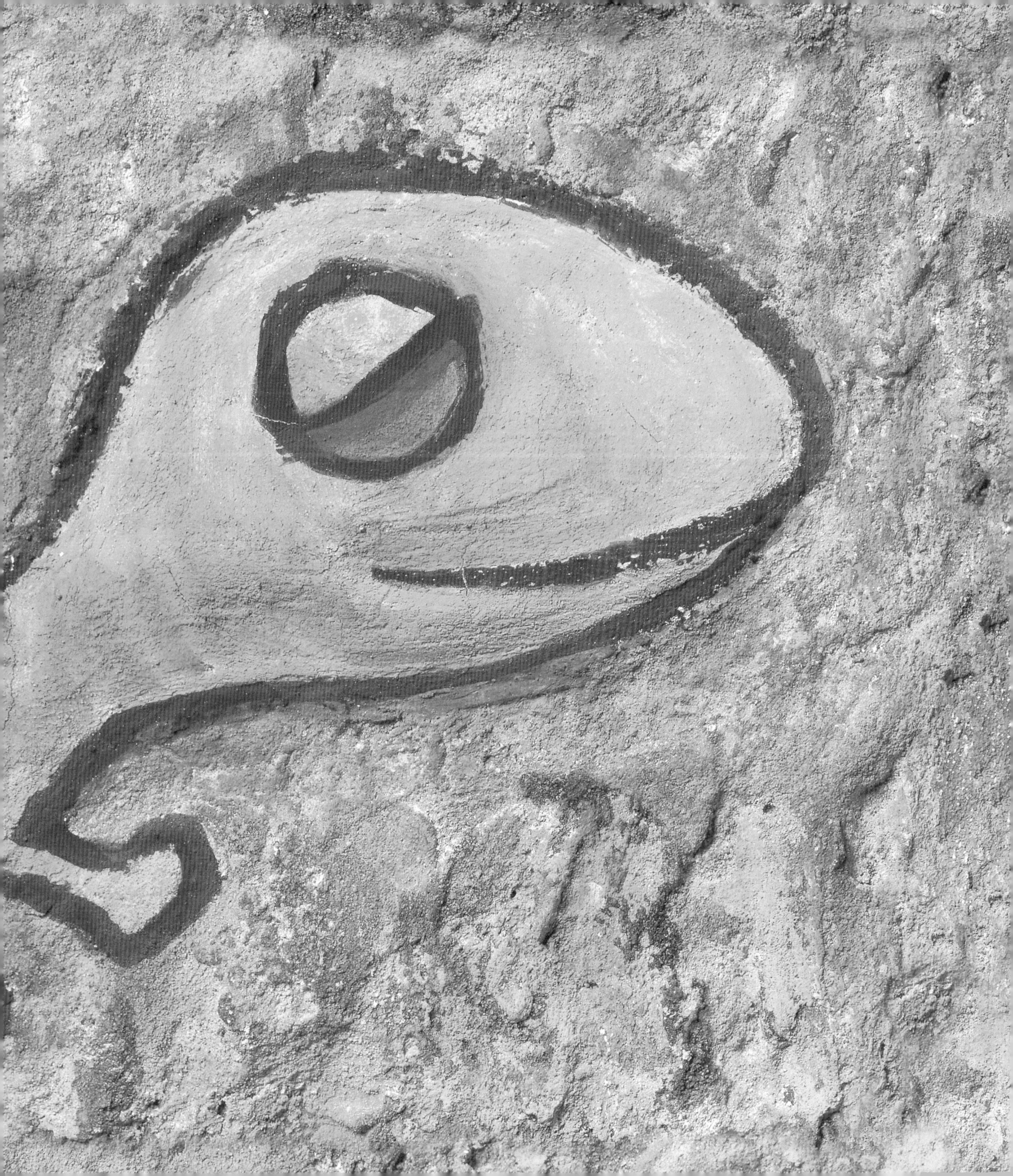

这些日子，阳光每天都很强烈。好像又有谁从花儿的身边走过。

“你好，我是彩虹色的花。你是谁呀？怎么呼哧呼哧直喘气呢？”

“哦，你好，我是老鼠。最近天气又闷又热，弄得我晕乎乎的。要是有把扇子就好了。”

“哦，那正好可以用我的花瓣，不是吗？”

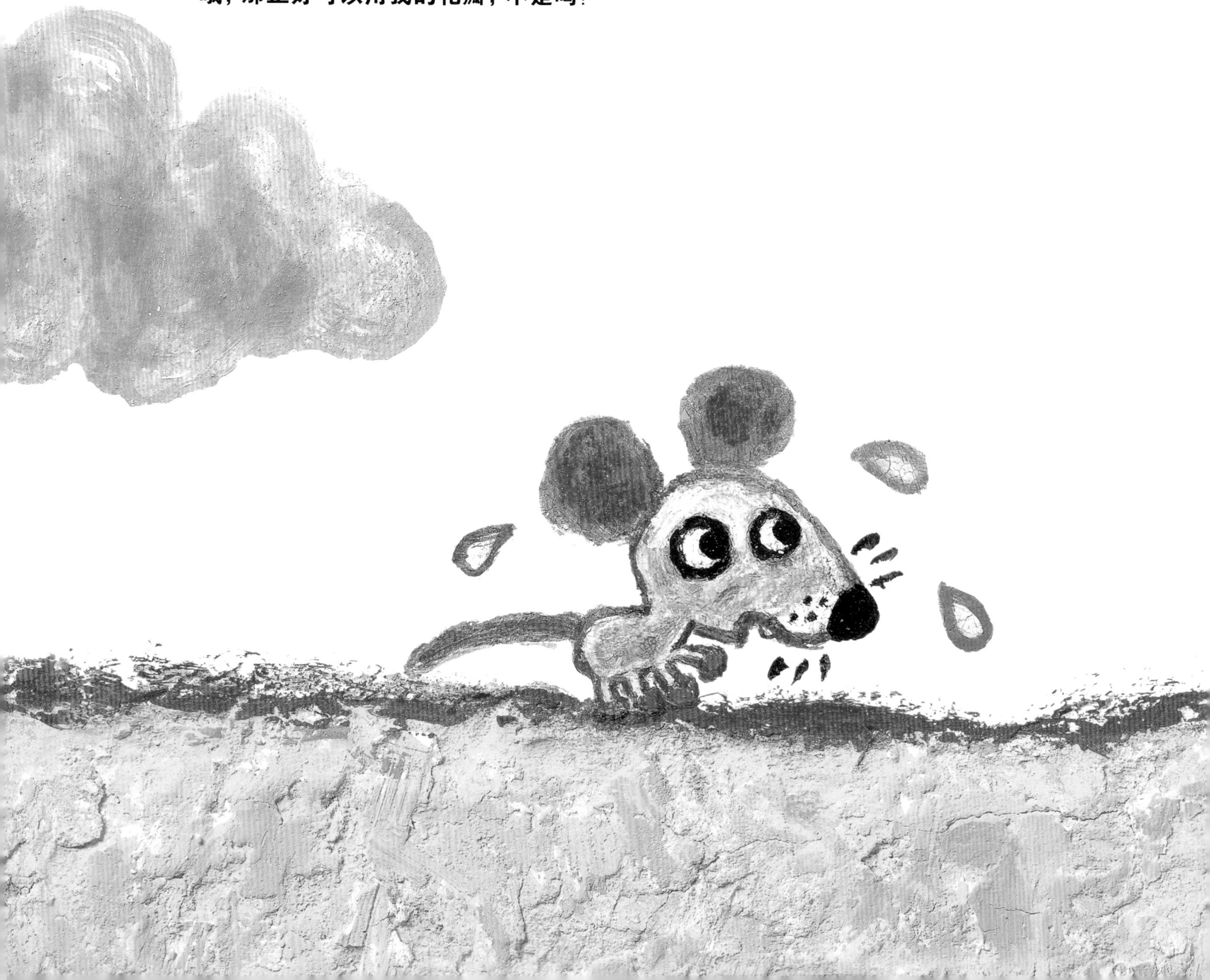

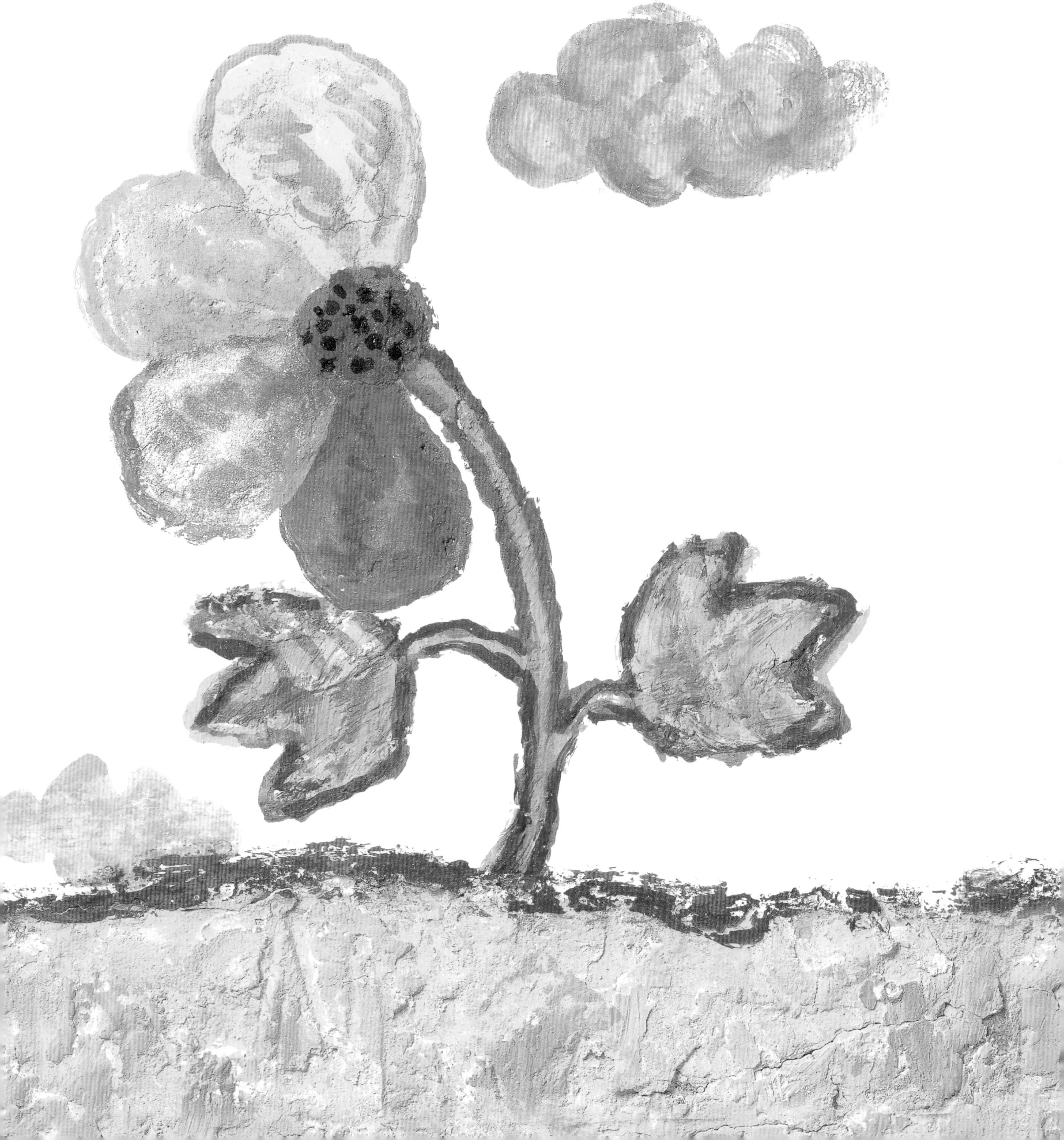

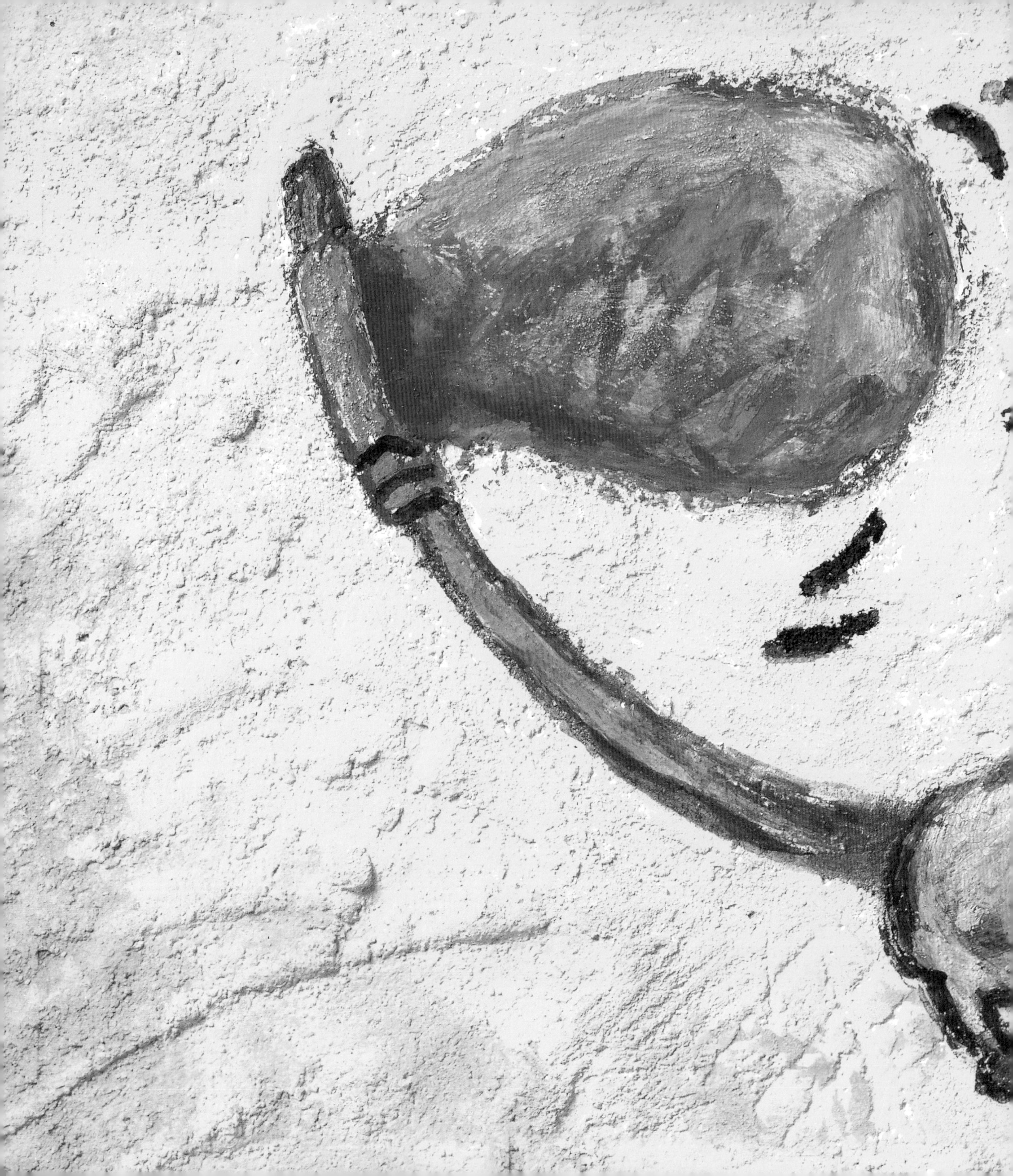

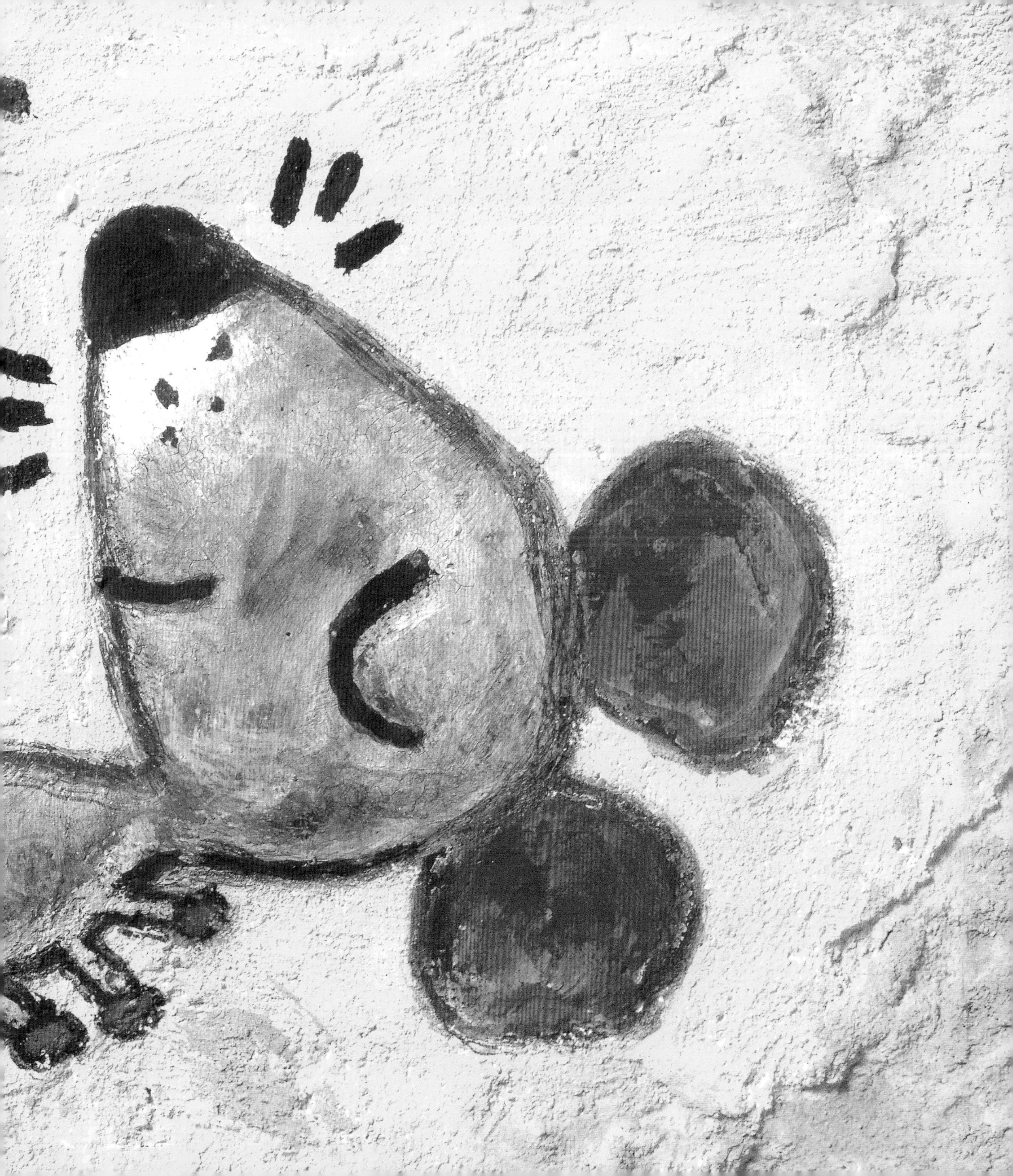

白天越来越短，已经是秋天了。好像有谁从空中飞过。

"你好，你是谁呀？你还会飞啊。"彩虹色的花说。

"你好，我是小鸟。因为我有翅膀呀。今天是我女儿的生日，我要为她挑选一件礼物。可是，飞来飞去，什么也没找到，正着急呢。"

"那你看看我这儿有没有她喜欢的彩色花瓣呢？"

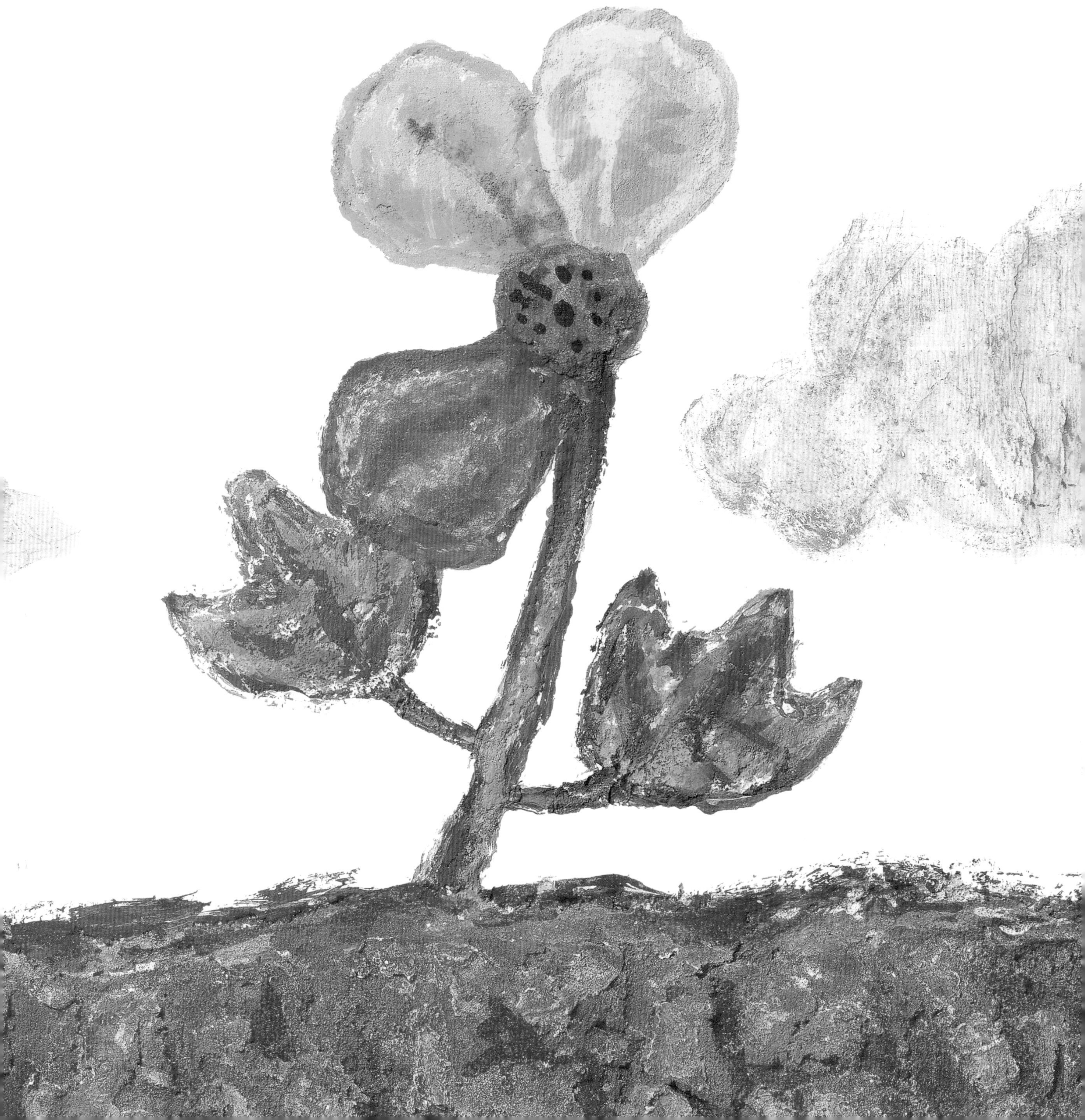

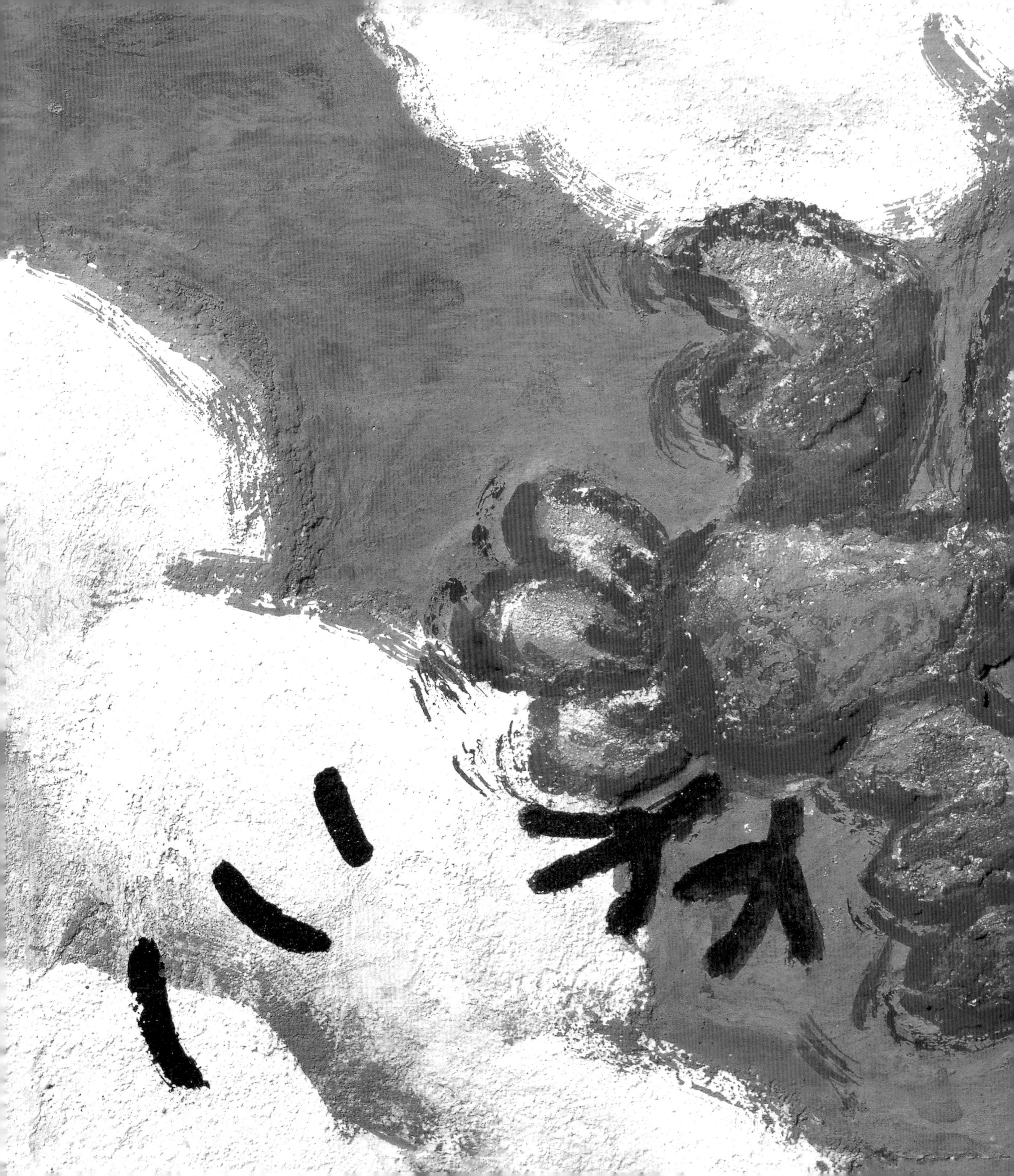

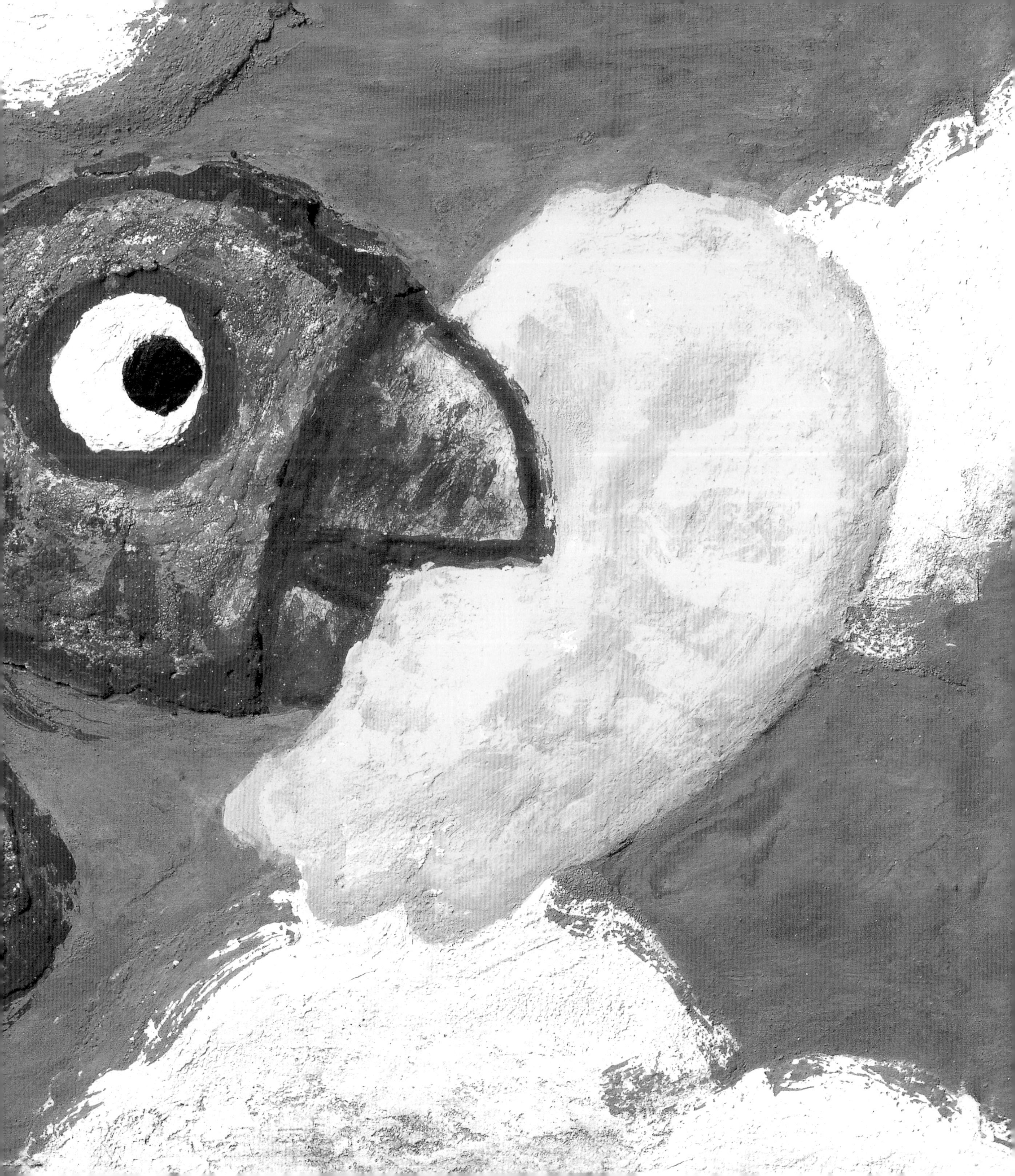

天空暗了，天气更冷了。好像有谁跟花儿打招呼。

“你好，彩虹色的花。最近冷多了，眼看就要下雨了，怎么办？”刚好经过的刺猬说。

彩虹色的花用虚弱的声音回答说：“我能帮你什么忙吗？”

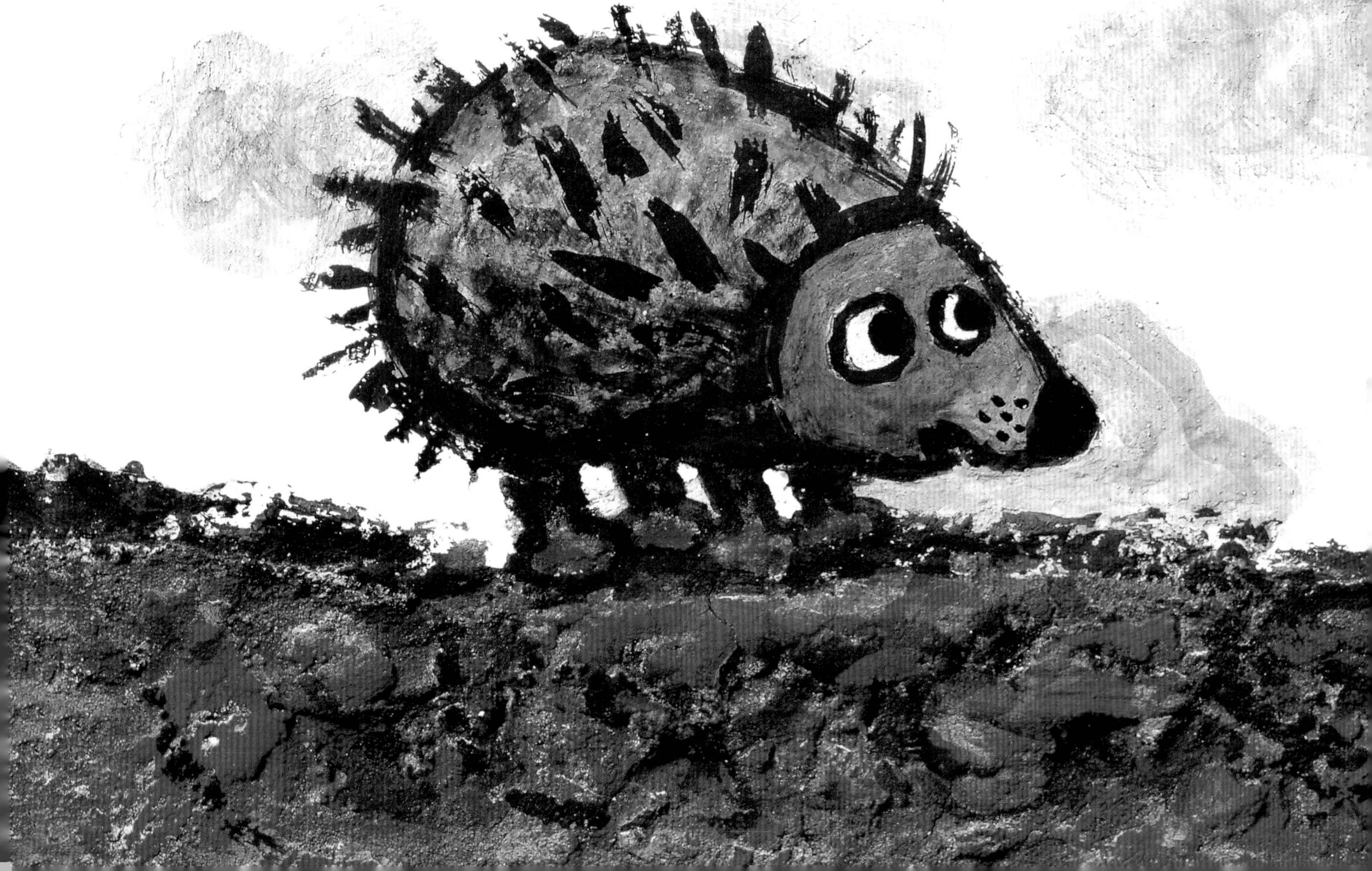

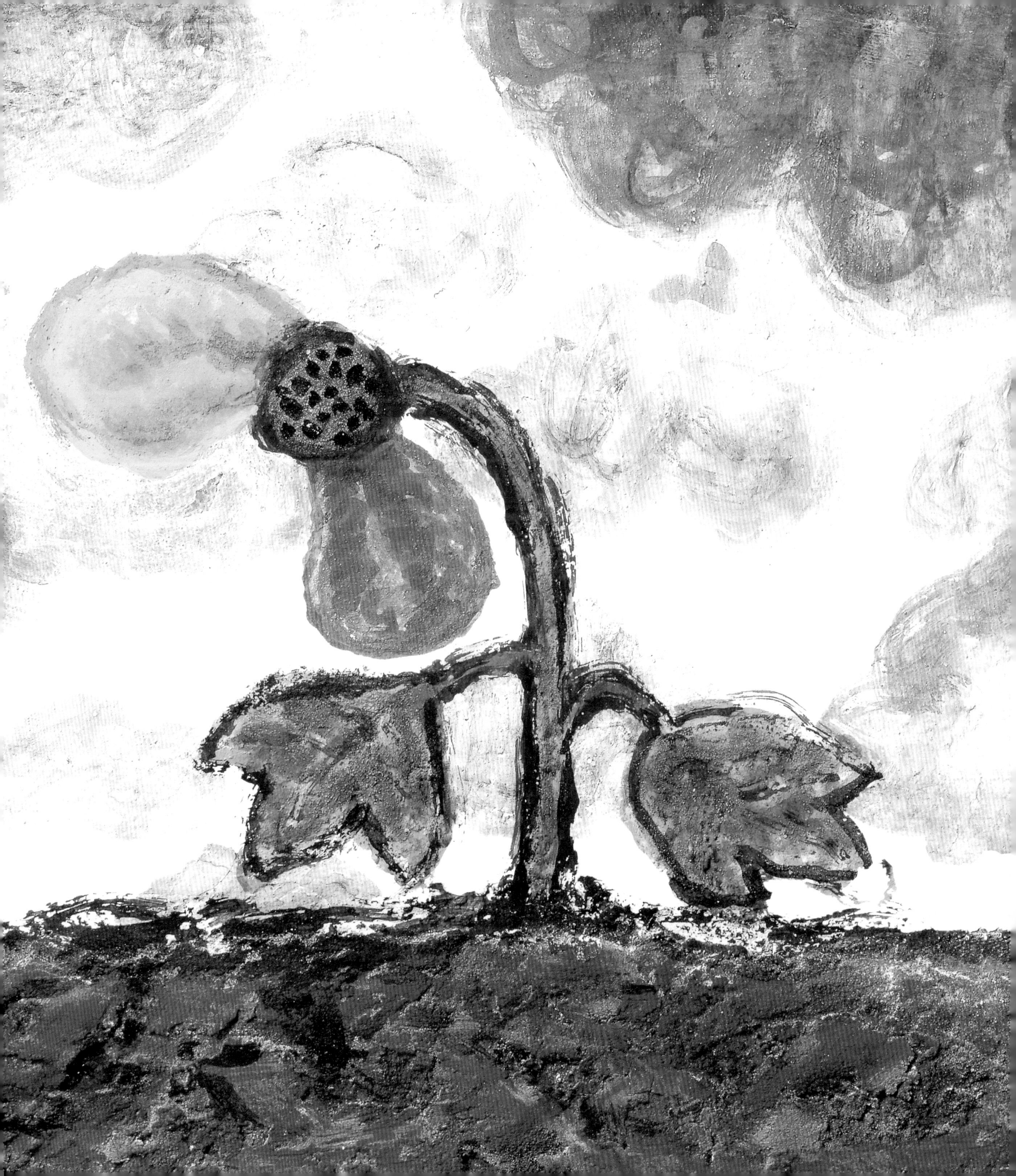

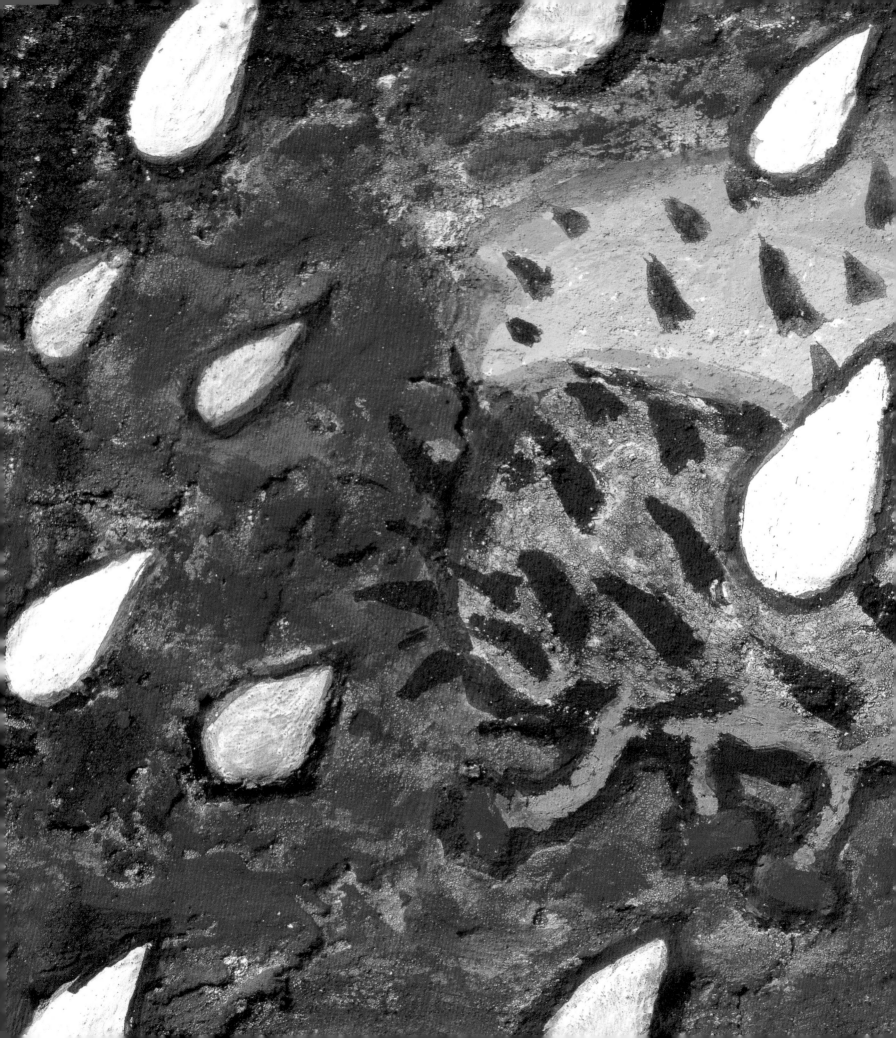

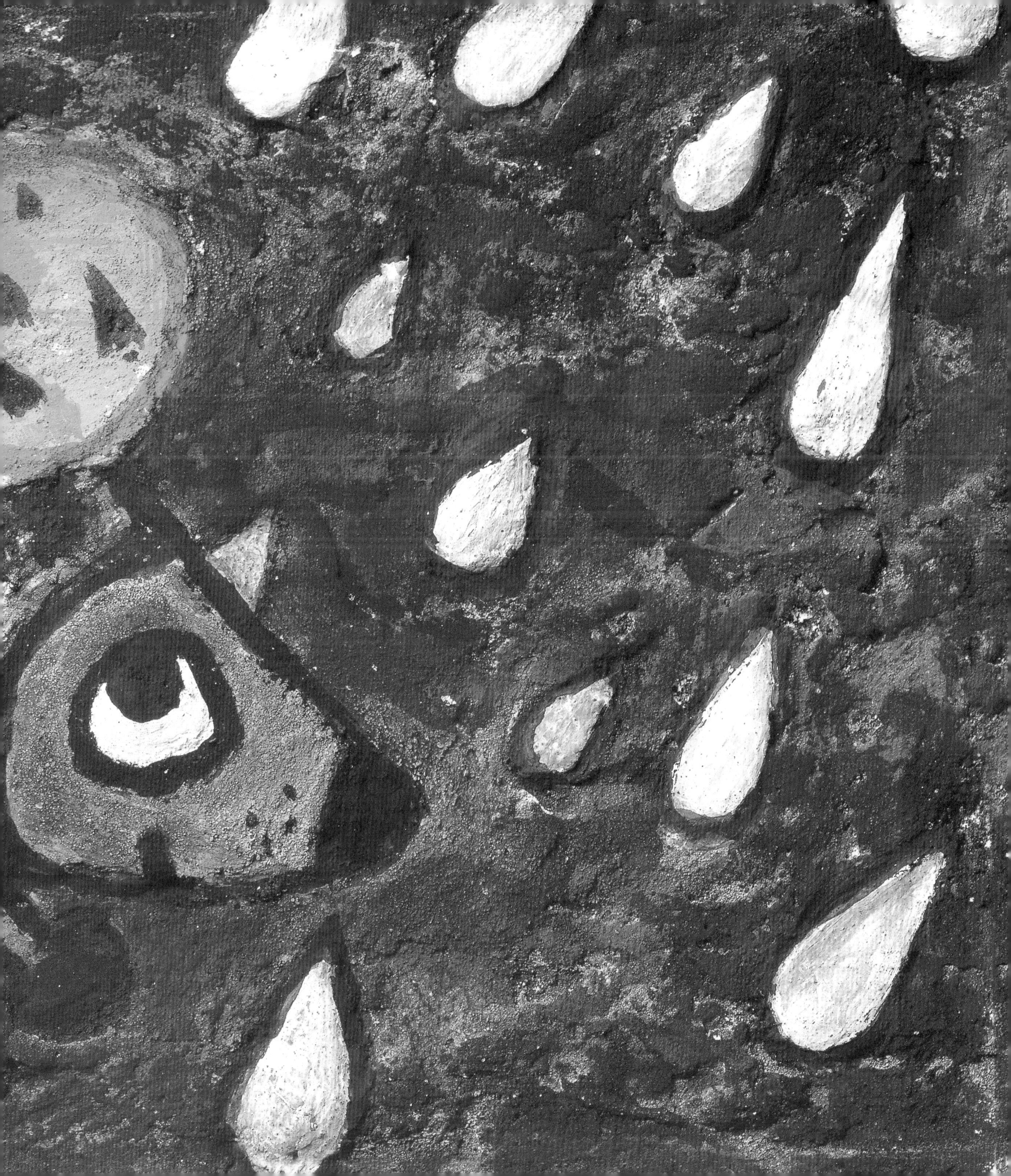

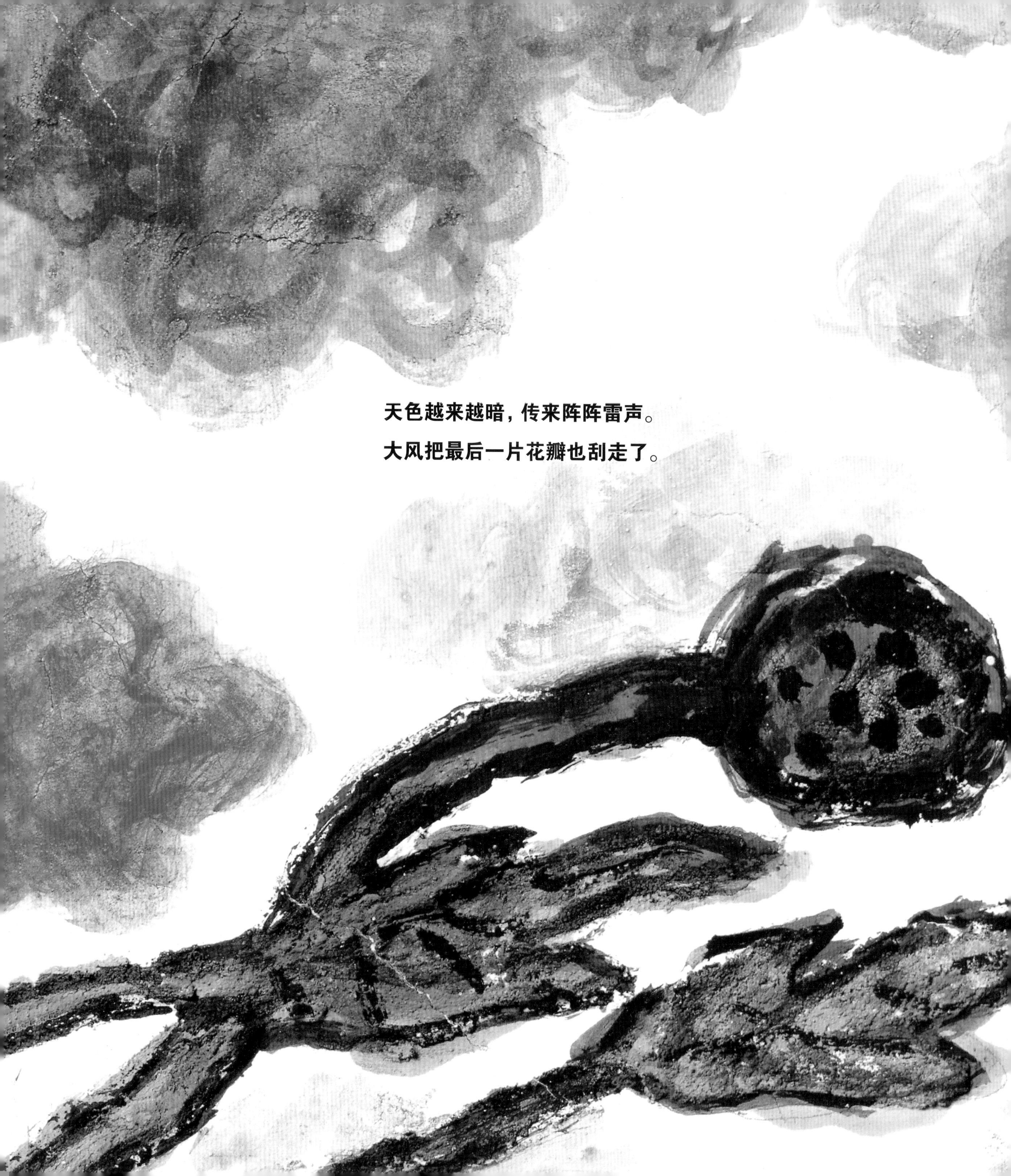

天色越来越暗，传来阵阵雷声。

大风把最后一片花瓣也刮走了。

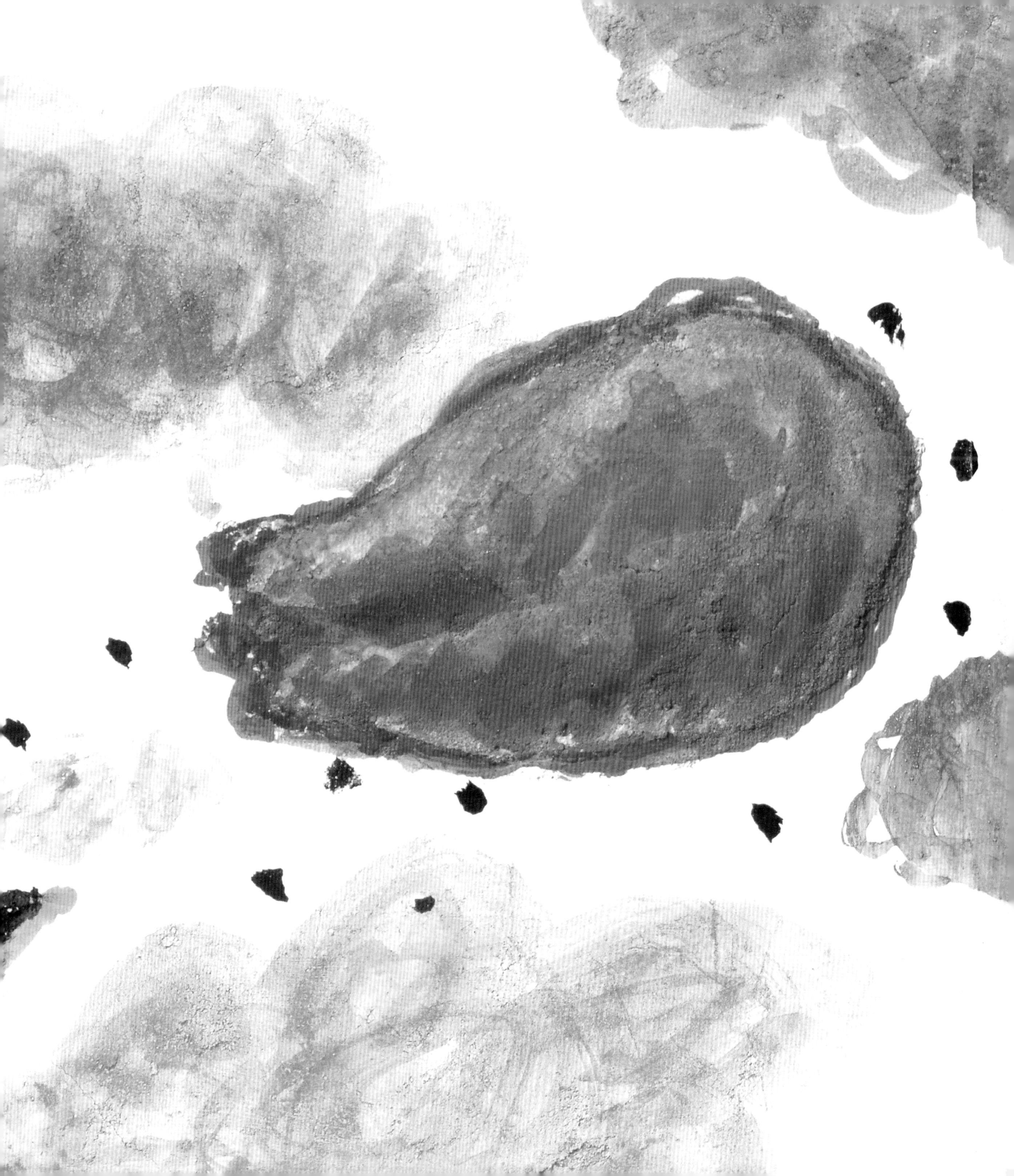

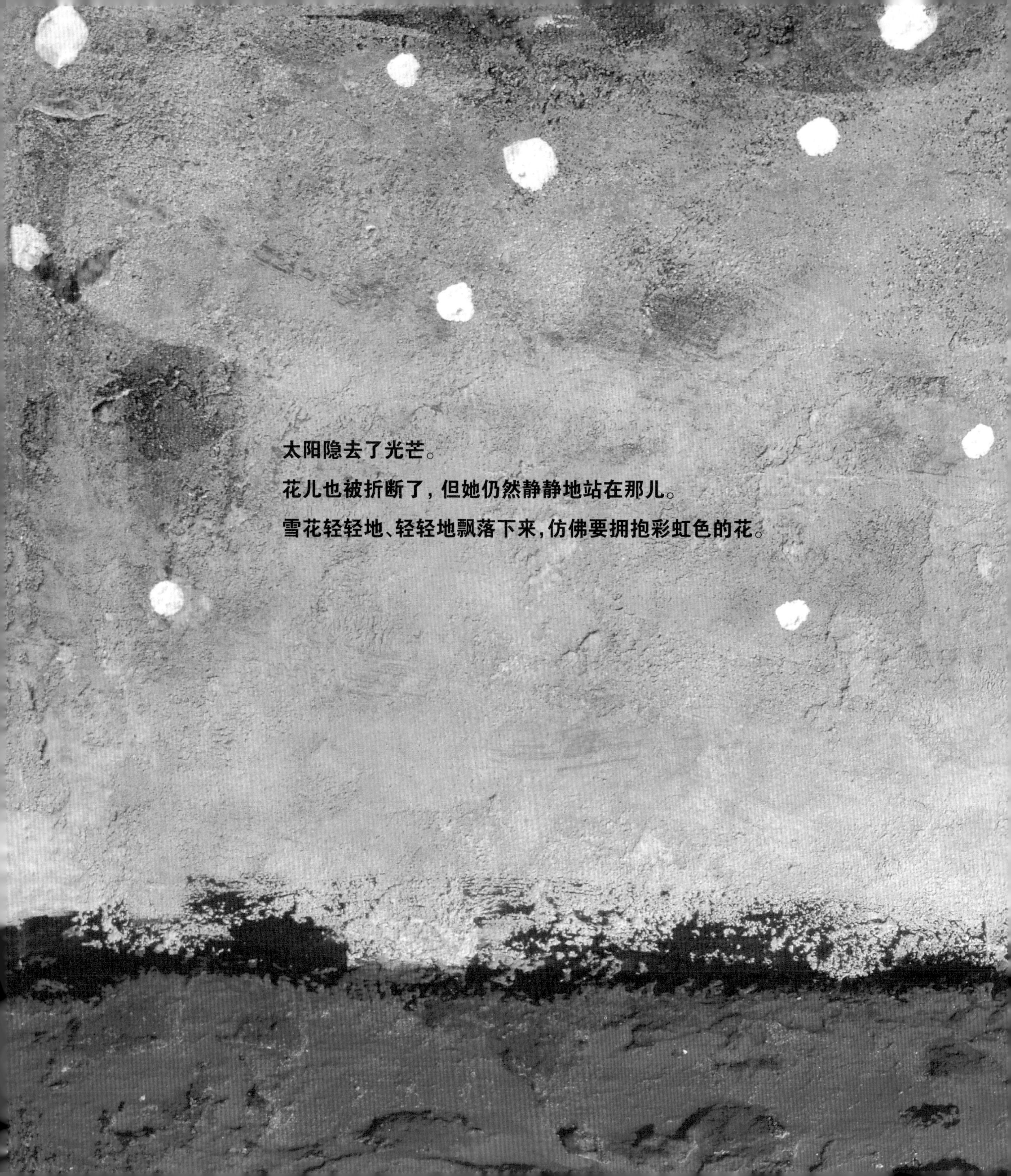

太阳隐去了光芒。

花儿也被折断了，但她仍然静静地站在那儿。

雪花轻轻地、轻轻地飘落下来，仿佛要拥抱彩虹色的花。

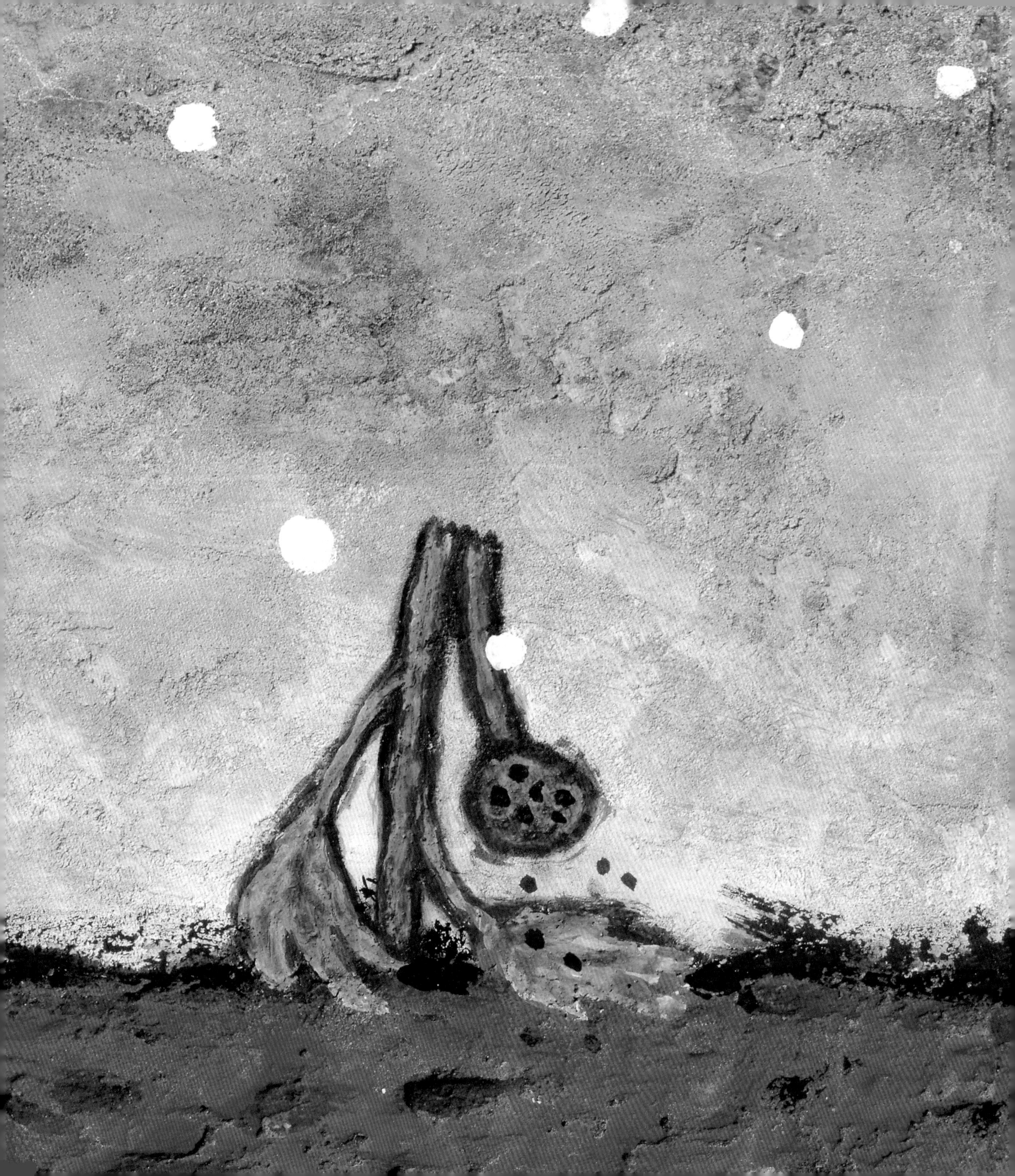

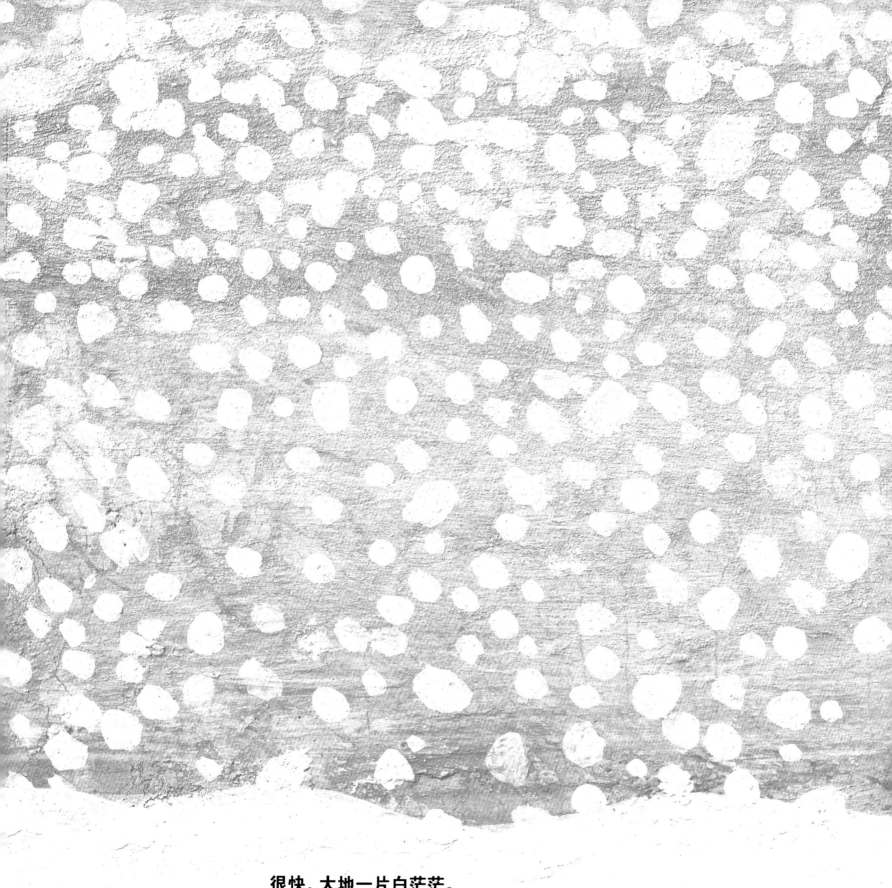

很快，大地一片白茫茫。

谁会想到，这里曾经开过一朵彩虹色的花呢！

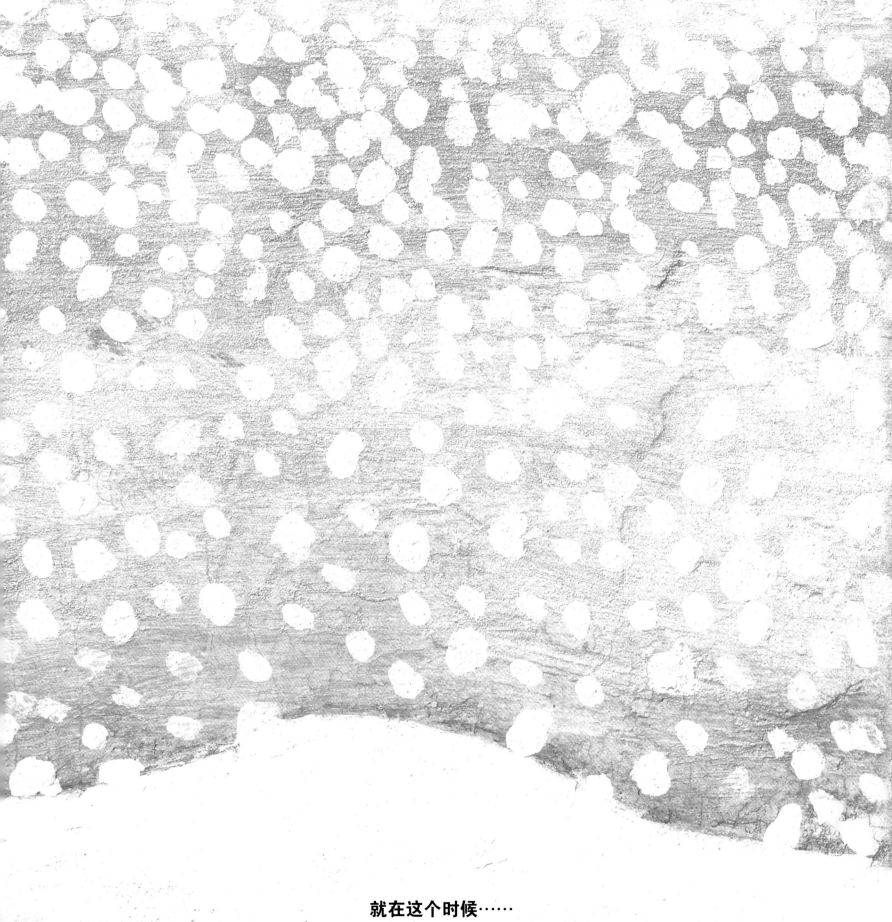

就在这个时候……

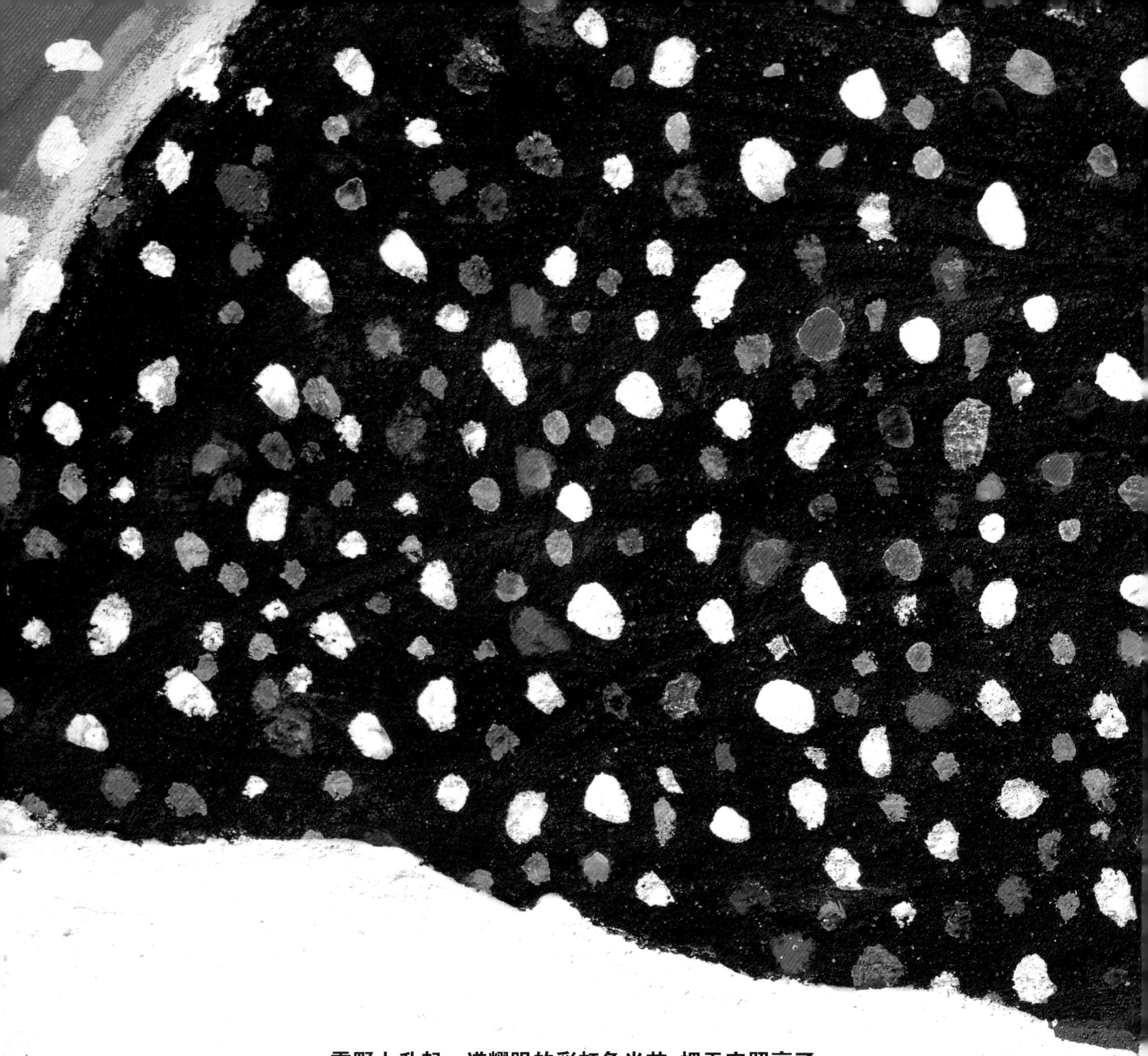

雪野上升起一道耀眼的彩虹色光芒，把天空照亮了。
蚂蚁、蜥蜴、老鼠、小鸟和刺猬都从远处跑了过来。
他们看着彩虹色的光芒，心里渐渐温暖起来。

大家都想起了彩虹色的花曾经给自己的帮助。

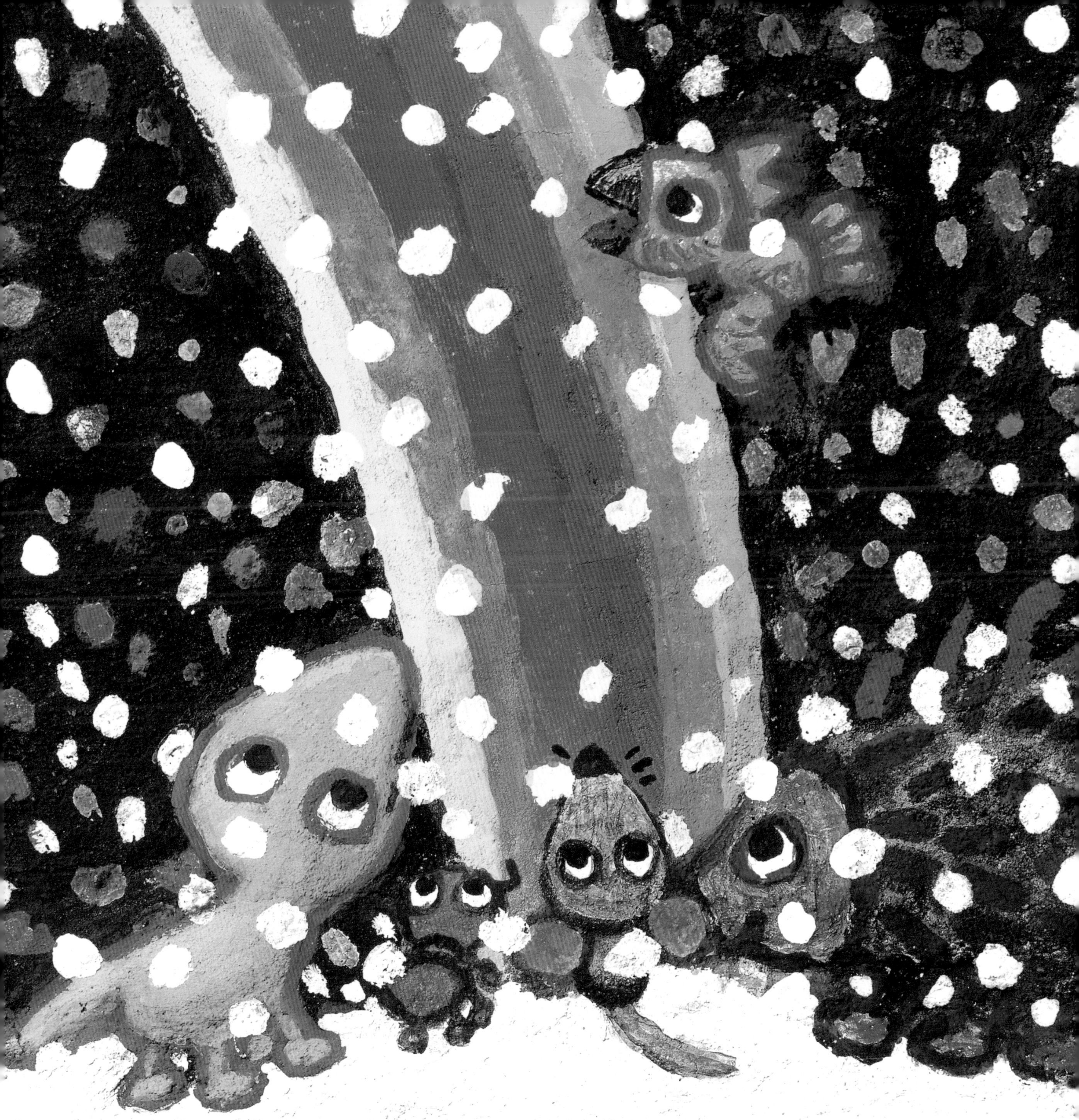

彩虹色的花永远在他们的回忆里。

漫长的冬天终于过去了，春天又来了。

一天早晨，太阳探出头来，他吃了一惊，高兴地说：

"早安，彩虹色的花。又见到你了！"

早春，昨天还是一片积雪的原野上，竟然开着一朵彩虹色的花！终于见到太阳了，花儿满心欢喜，想要分享她的快乐。一些善良可爱的小家伙从花儿身边走过，彩虹色的花热情地帮助他们，慷慨地把自己的花瓣一片又一片地送给了蚂蚁、蜥蜴、老鼠、小鸟、刺猬……

冬天来了，彩虹色的花渐渐枯萎，大雪再一次覆盖了原野。谁会想到，在这里曾经开过一朵彩虹色的花呢！这时，一道耀眼的彩虹色光芒照亮了天空。大家都想起了彩虹色的花曾经给过自己的温暖。

漫长的冬天终于过去了，太阳探出头来，吃了一惊，高兴地说："早安，彩虹色的花，又见到你了！"生命轮回，乐于助人的精神永存。

麦克·格雷涅茨　Michael Grejniec

出生于波兰华沙。1985 年赴美国，与美国的各大著名媒体合作。他在美国和欧洲国家出版的图画书有《当我睁开双眼》《早安，晚安》《你在口袋里放了什么？》。1996 年以《月亮的味道》获得日本绘本奖，并与日本的许多作家合作过图画书，曾出版过《你为什么悲伤？你在哪儿？》《小卡车，我等你》《彩虹色的花》《爸爸的围巾》《绯儿》《捷径》《那条腿先走》等作品。

CAIHONG SE DE HUA
彩虹色的花

[美] 麦克·格雷涅茨／著　彭君／译

图书在版编目（CIP）数据

彩虹色的花／（美）麦克·格雷涅茨著；彭君译. —南昌：二十一世纪出版社集团，2018.5（2023.4 重印）
ISBN 978-7-5568-3428-0

Ⅰ. ①彩… Ⅱ. ①麦… ②彭… Ⅲ. ①儿童故事—图画故事—美国—现代 Ⅳ. ①I712.85

中国版本图书馆 CIP 数据核字 (2018) 第 077184 号

出 版 人	刘凯军
策　　划	黄霞　责任编辑 敖翔 陈静瑶
美术编辑	黄瑾　责任印制 谢江慧
出版发行	二十一世纪出版社集团 奇极熊
网　　址	www.21cccc.com
印　　刷	江西茂源艺术印刷有限公司
版　　次	2018 年 6 月第 1 版
印　　次	2023 年 4 月第 27 次印刷
开　　本	889 mm × 1060 mm 1/12　印 张 3.33
印　　数	1,085,001～1,135,000 册　字 数 16 千字
书　　号	ISBN 978-7-5568-3428-0
定　　价	46.00 元

赣版权登字-04-2018-180　　购买本社图书，如有问题请联系我们，扫描封底二维码进入官方服务号
服务电话:0791-86512056（工作时间可拨打）　服务邮箱:21jcbs@21cccc.com　本社地址:江西省南昌市子安路75号